La boîte à musique

DU MÊME AUTEUR

A LA TABLE RONDE

Un été dans la combe, roman, 1993.
Il est minuit depuis toujours, essais, 1993.
Plis perdus, mélanges, 1994.
Un voyage en automne, récit, 1996.
La légende des petits matins, roman, 1996.
Cavale, roman, 1997.
Boléro, roman, 1998.
Autres arpents, chroniques, 2000.
Ange Vincent, roman, 2002.
La pluie à Rethel, roman, 2002.

AU TEMPS QU'IL FAIT

La vallée de Misère, poèmes, 1987, 1997.
Les contes bleus du vin, chroniques, 1988.
Sarah, feuille morte, roman, 1989.
L'épreuve du jour, enfantine, 1991.
Fond de cale, roman, 1991.
Récits incertains, mélanges, 1992.
Faubourg, poèmes, 1997.
Le Noël du cheval de bois, conte illustré, 1997
Rue des Remberges, prélude, 2003.

CHEZ D'AUTRES ÉDITEURS

Goût de cendre, poèmes, Thone, 1963.
Contrée, poèmes, Thone, 1965.
D'un mourant paysage, poèmes, Thone, 1969.
Journal moche, Luneau-Ascot, 1981.
Lettres de Sainte-Croix-du-Mont, L'Escampette, 1993.
Mont Afrique, roman, Le Cherche-Midi, 1999 ; Folio, 2001.
Un rêve en Lotharingie, National Geographic, 2002.
Dame et dentiste, poèmes, Inventaire/Invention, 2003.

JEAN-CLAUDE PIROTTE

La boîte à musique

Poèmes

LA TABLE RONDE
7, rue Corneille, Paris 6e

ISBN 2-7103-2650-7.

pour S. D.

pardonne-moi d'être vivant, d'écrire des poèmes,
je suis encore là mais je parle aux fantômes.

BENJAMIN FONDANE.

I

appel du fantôme

il fait toujours minuit lorsqu'on parle de l'âme.

ARMEN LUBIN.

ce que je me dis à moi-même
jamais ne passe mes lèvres
de ce que je lis dans les livres
ne naît pas l'oubli de mes peines

or mes peines sont ordinaires
pourquoi résisteraient-elles
à la grâce d'un vol d'oiseaux
sauvages au bord du ciel

les oiseaux migrateurs sont loin
la peine toujours se réveille
et je ne peux tendre la main
qu'à cette ombre inconnue qui m'appelle

le mot poésie dans les latrines
de la vieille école primaire
était effacé le matin
par la maîtresse enturbannée

ensuite venait vers midi
le pauvre pion de Francis Jammes
déballer sur le bois du siège
le saucisson et les tartines
de son repas très aviné

or par le trou de la serrure
apparaissait un autre monde
où la main de l'homme à la craie
dessinait le profil d'un ange
et sur la paroi maculée
écrivait le mot poésie

la crainte du ciel et des coups
s'apaisait sous le grand tilleul
visité par les hannetons

au fond du préau le pion sale
frissonnait de fièvre et parlait
tout seul en latin en malais
parfois même en swahili

la cour du collège était noire
où les maîtres déambulaient
cravatés comme des pendus

en rangs par deux les jupes bleues
des fillettes du Sacré-Cœur
on les croisait au bord de l'eau
les longs jeudis de promenade

le plaisir eût été moins vif
sans l'obscénité des potaches
les gloussements et quelques gifles

dans la campagne lumineuse
un chemineau suivait de loin
des bribes de leçons de choses

on le reverrait vers l'automne
porteur d'almanachs et de peignes
d'écaille sans quoi s'écroulent
les nobles chignons du dimanche

ainsi l'existence glissait
comme les truites du ruisseau
seul Macache avait le génie
de pêcher à la main la nuit

pour les yeux verts d'une Gitane
j'ai ma verdine disait-il
à l'ombre du pont des sorcières
où ne viennent pas les gendarmes

la truite au bleu puis le niglo
voici l'immémorial festin
que dans les soirs riches cuisine
une brigade de cousines

le poète manouche était
toujours plus beau dans ses haillons
la Gitane Sarah dansait
au son des cascades soumises

maintenant que le torrent brille
comme les guêtres du vieil oncle
et que le temps déplié s'offre
(c'est la proie d'un rapace blanc

l'aigle royal ou le milan)
nous irons parcourir la lande
attendre l'appel du fantôme
au seuil d'un manoir désolé

nous lui parlerons doucement
de notre oubli de notre vive
amertume qui s'est perdue
parmi les cailloux de la route

Perle d'Eau riait dans les rues
quand s'allumaient les réverbères
et j'entendais aussi ma tante
jouer sans fin la même fugue

le vieux mur du conservatoire
et la statue de Sigebert
étaient grêlés d'éclats d'obus
mon harmonica dans ma poche
m'assurait que le temps éclate
aussi soudain au fond des bars
de Memphis où j'irais un soir
avec Perle d'Eau boire et rire

(Ange Vincent)

nous n'avons jamais écouté
les mêmes rengaines pourtant
le jour où je t'ai reconnue
tu fredonnais *body and soul*

ben ik zo blij ben ik zo treurig
zullen wij samen naar de haven
van Harderwijk gaan wandelen ?
waar leeft jij nu ? waar is jouw lichaam ?

nous n'avons jamais entendu
les si vieux blues qui sont si jeunes
et pourtant je t'ai reconnue
tu fredonnais *body and soul*

suis-je si gai suis-je si triste
(où est ton corps ? où est ton âme ?)
ensemble irons-nous vers le port
de Harderwijk flâner encore
où donc vis-tu ? où est ton corps ?
la marée n'est qu'un souvenir
sur les bords gris du Zuijderzee

quand j'étais petit
je n'étais pas grand
je m'égarais dans
les jardins d'enfants
je n'ai pas changé
je n'ai pas grandi
ma mère est si belle
et mon cœur si lourd
mais demain j'irai
jouer dans la cour
de mon aïeul où
je serai cet ange
qui attend la nuit
sous la lune blanche
je suis un géant
demain c'est dimanche

(chanson d'Ange Vincent)

les dimanches de neige le feutre
du ciel le marbre du couloir froid
les racloirs bleus des seuils la couleur
écaillée des façades étroites

le filandreux bonheur des conférences
horticoles l'évanouissement
des soirs précoces tout cela
dans ta mémoire ne répond
qu'au sombre appel dédaigné de l'enfance
et vois cette ombre altérée qui s'obstine
à traîner autour des maisons
qui n'ont ni poutres ni chevrons

a-t-on besoin de trous
aux coudes aux genoux
pour s'assurer contre la vie

dans les réclames les prières
les crépuscules sirupeux
il n'y a pas un mot de vrai

je m'en vais boire un peu
de ce liquide inaugural
qui me fut légué par l'aïeul
un jour d'hiver au coin du feu

ainsi la muse cantonale
qui fait la pluie et le beau temps
les épousailles et les deuils
étouffera mon désir d'être
ce que je serai devenu

les vieilles idées dit le poète
sont de vieilles peaux c'est faux
rétorque le fantôme, regarde-
moi contemple en pleine lumière
lunaire la fraîcheur de mon teint
le lustre de ma chevelure
et ce miel cet éclat velouté
de mon visage entre les oripeaux

mais tu n'es qu'une vieille idée
je suis une jeune idole aussi
qui te fait honte envie ou peur
en surgissant de tes miroirs

à force de distribuer
les bons points et les mauvais
la maîtresse d'école
a résumé le monde

en commençant par le cyprès
pour finir par le solécisme
je ne cherche pas à médire
de l'enseignement que reçurent
mes ancêtres tôt levés

les enfants ne méritent plus
l'amitié de la libellule
ni le salut du hanneton
espèces qui disparurent
avec les fourneaux à charbon

le poète surnuméraire
a fini (croit-il) par comprendre
qu'on ne l'y prendrait plus
aussi selle-t-il son cheval
de bois et le voilà fougueux
il cavalcade sous le lustre
ensoleillé du salon
en l'absence des ascendants
et dans sa tenue d'apparat

nous allons voir ce que nous
allons voir mon ami dit la mère
au poète désarçonné
qu'elle enferme dans l'écurie
avec les ânes en carton

alors le poète complote
en faveur de l'obscurité
obscur esprit soupente obscure
il écrit *camera obscura*
dans la nuit des platanes la place
de Grève est déserte et le monde
ô Jouve est désert seul un chat
miaule au bord d'un toit
que la lune d'hiver caresse

l'âne en carton se met à braire
le poète entend les clairons
d'une gloire prématurée

la langue du poème est blanche
comme celle des fantômes
quand ils parlent à mi-voix
et que les enfants dorment

le décor se compose d'ombres
de platanes dont les blessures
expriment le sang de la lune
il y a la rue grave et l'ancien
bâtiment des Bains-Douches
où personne jamais ne chante
ni ne se baigne assurément
mais on entrevoit de la chambre
l'éclair d'un carreau froid
comme un clin d'œil de revenant

il n'y a pas de quoi rire
ni de quoi pleurer quand on glisse
une main sous la jupe des filles
(c'était il y a si longtemps)

les habitudes sont perdues
on a rangé la courtoisie
dans l'armoire de grand-mère
et les lunettes dans l'étui

quand ce n'est pas le Gange qui déborde
c'est la baignoire mais le lait
des enfances qui s'épuisent
ne déborde plus jamais

dans les allées du parc *solennel et glacé*
se promènent encor quelques défunts pressés
ce fut un beau dimanche et les enfants perdus
je veux être pendu s'ils ne sont pas ravis
de tenir par la main les ombres de la vie

les noyés de l'étang leur parlent à mi-voix
on voit l'instituteur un gendarme des moines
flotter entre deux eaux et les femmes dévoilent
des secrets à de vieux diplomates sournois

comme c'est beau de vivre un soir au fond des bois
les fantômes s'en vont à pas lents vers l'obscur
et le fertile hiver que jamais ne connurent
les noirs les nègres nos ancêtres les Gaulois

des ciels mirobolants éclairent l'avenir
la réclame promet des acides charmeurs
dispensés par le geste auguste du semeur
on a le sel des pleurs et le miel du sourire

l'incendie du bonheur que n'éteint pas la pluie
de novembre mesquine et prolétaire on a
le temps de danser une ronde autour du monde
avant d'aller s'asseoir aux noces de Cana

le poète qui dit *je* sait que
la tête pend au bout de sa tige
et que les scrofuleux bourgeons éclatent
jour et nuit comme de vieilles lunes
alimentées par un sang d'encre
je te salue Paul Valet
je te salue en tout bien tout honneur
en toute honte tout déshonneur
ô fraternel et sépulcral
et je t'offre une fleur de chancre

(voici ma tête qui fleurit toute seule)
P.V.

c'est une chanson dont je reconnais l'air
mais les paroles envolées ne seront plus jamais
là où c'est sûr elles devraient être
entre les lèvres d'une fille des rues
d'une belle fille de joie en vacances
car son maquereau tire dix piges
et ses clients ne sont plus de ce monde
tout de même on entendra dans le soir
étourdi de néons et coiffé de nuages
la voix cassée d'un vieil accordéon

la fin du monde est pour demain
depuis peu de temps
nous boirons sans répit du vin
dans les bouges insoumis

les gendarmes viendront toujours
trop tard les bouges dérobent
leur porte et les fantômes
s'éclipsent au point du jour

dans sa besace le fantôme
emporte les secrets perdus
les éclats d'un miroir brisé
le lendemain de sa mort

de village en village il va
sous l'œil vert des lunes obliques
il cherche son ombre égarée
le lendemain de sa mort

le soleil découpait l'angle d'une
reculée d'un coup de ciseau rouge
et tu venais du fond des chambres
où nous avions attendu l'heure
heureuse sans la saisir ni la
reconnaître mais reviens vite
et parle encore au jour fidèle
qui te quitte fidèlement

par tous ses pignons la maison prend le vent
et la pluie aussi par conséquent
la maison boite un peu comme un vers dissonant
de la boiterie me voici l'intendant

la maison boite mais ne s'écroule point
il s'en faut encore de nombreux ans
et de beaucoup de pluie et de vent
à moins que les hommes lui montrent le poing

dans la mansarde où veille la vieille lune noire
j'entends le fantôme d'Armen Lubin
affirmer *les mots c'est rien ça marche devant*
à l'aube je m'endors sur les mots du grimoire

mais la forêt qu'attend le revenant
comme prévu vient derrière avec les chants
d'oiseaux et les convenances du temps
alors la maison s'éveille en clignotant

la voisine parle à son chat, le soleil
aujourd'hui dimanche est absent et le ciel
grisonne autant que ma barbe vieille
d'une semaine ou deux, le chat surveille la rue

nous n'avons que le temps d'un poème écrit
à la hâte et nous serons vieux dans l'instant
où vibre un carillon sur les rangs de vigne
noirs qui cernent le faubourg de Faramand

les pigeons picorent le grésil des toits
puis un envol soudain, le mur rose éteint
du bistro comme Morandi l'aurait peint,

à peine avons-nous frôlé ce monde étroit
que le souffle trouble du soir qui se penche
nous aura dérobé l'âme du dimanche

ce frêle battement d'un cœur crépusculaire
nous ne l'entendrons plus nous avons quitté l'ombre
pour les douteux miroirs d'un au-delà furtif
la cloche qui sonnait dans les beaux soirs d'hiver
est morte avec le ciel et la vigne et la chair
et le temps des espoirs sous les lampes votives
je n'écouterai plus le murmure des chambres
ni le dernier accord des psaumes de décembre

en des demeures privées
le regard de la pénombre
attirait de vieux oiseaux
pour s'emparer de leurs plumes

une dame au long profil
plus mordante que la bise
vous avez l'œil emplumé
disait-elle au visiteur

dans l'antichambre un parent
pauvre cravaté de nacre
apprivoisait un corbeau
confondu de solitude

la dame accrochait un châle
funèbre à quelque fenêtre
le vent qui le soulevait
c'était un fantôme noir

le promeneur fidèle au sommet de la dune
entre le bleu du soir et le vert de l'écume
s'arrête et sa main tremble et son pas s'alourdit
mais son ombre le quitte en rampant vers la mer

le vampire et le poète s'attardent
à deviser aux terrasses des nuits
où les couleuvres de l'absinthe glissent
des reflets d'or vert sur le formica

le marbre des tombeaux nous manque
autant que celui des vieilles auberges
se plaint le vampire et que boire ?
ah dit le poète il est l'heure
de faire flèche de tout bois
mais d'abord le vampire songe
à faire sang de tout passant

mon destin s'incline vers la plage
murmure le fantôme à l'oreille
du poète endormi, les ravages
des siècles m'ont rendu si sec
et mon aride cœur est pareil
au vieux boulet rouillé que je traîne
dans ce triste décor balnéaire

las ! dit le poète à sa migraine
j'en ai plus qu'assez je n'en sors
pas Seigneur délivrez-moi de ces
confidences de fantôme au bord
d'une mer sans rêve et sans passé

(i. m. Maurice de Guérin)

à la corne du bois
dont on fait les violons
lon la lonlaire lon lon
un fantôme aux abois
déchirait son suaire
trop long

pestant contre la mode
qui raccourcit les robes
il donnait de la voix
mais le vieux loup qui rôde
autour de la clairière
lui dit : spectre tais-toi
mieux vaut courir tout nu
pas habillé pas vu

au rayon des jouets invisibles le poète
se souvient de son enfance maigre
et d'une servante qui n'avait
que son tablier sur la peau

le poète soudain surprend
le fantôme altéré de sa mère
étranglant une poupée noire
aux yeux hagards et vivants

les jouets invisibles gardent
toutes les issues de la mort
ils étouffent les acheteurs
au sommet des escalators

on ferme, dans les haut-parleurs
une étrange voix enfantine
ordonne à chacun de prier
pour que la fête continue

je commence à conter les saisons retournées
dit à la dame le poète un soir d'hiver
plutôt réciter Vauquelin de la Fresnaye
que l'illustre et sempiternel sonnet d'Arvers

Vauquelin écrivait *conter* comme je conte
à la veillée ou des sornettes ou fleurette
(amour, tay toi, mais pren ton arc) et c'est le comte
Dracula drapé dans sa cape qui s'arrête

au bord de la falaise de mélancolie
où le vent se déchaîne où le ciel se déchire
voyez dit le poète (et la dame soupire)
je commence à conter les saisons de l'oubli

l'oiseau couleur-du-temps qui enchantait Verlaine
le poète accablé l'a trouvé mort ici
sur la table comme un quignon de pain rassis
il me semble en songeant au long temps de ma peine
que je ne suis pas né que je n'ai pas vécu
le poète se tait en chaque détenu
comme l'oiseau du temps a perdu sa couleur
nos geôles loin du temps sont nos seules demeures

le soir descend sur les longs toits de Faramand
le sang du soir l'aile du soir l'ombre du temps
sur les toits les reflets des lueurs qui s'égarent
un souffle de vent passe et Saint-Just sonne l'heure

des rendez-vous furtifs des rêves des retours
meurtris des solitudes et des vieux malades
des vieilles fatigues et des vieilles balades
l'heure de l'ultime apéro (le bistro ferme)

et le prêtre perclus regarde la nuit noire
et le regard de Dieu croise celui du Diable
la nuit pose la suie des doutes et des fables

le noir démesuré dans les alcôves froides
de l'enfance en alerte avive les alarmes
et le temps se retourne avec un cri d'oiseau

l'oiseau couleur-du-temps qui chantait pour Verlaine
a disparu de l'arbre et du ciel et des mers
on raconte qu'un homme a vendu sa dépouille
au Prince des Enfers

les enfants qui l'aimaient le cherchent en secret
dans les ruines du monde et les bois calcinés
ils pleureront en vain l'oiseau sacrifié
au Prince des Enfers

que la ville au soleil ou se rendorme
on entend sur les seuils les ombres des défunts
timides murmurer que la beauté des mortes
comme la dentelle est dans la graine du lin

nous ne saurons jamais de quels cris étouffés
nous naissons à la mort dans nos rêves de lymphes
ni de quels souvenirs nos lendemains sont faits
et de quels crimes nos mains nues gardent l'empreinte

et saurons-nous jamais quel souffle nous emporte
ou quel trouble désir de futures étreintes
mène nos jours éteints vers des nuits où les mortes
infidèles sans fin vivent leurs amours feintes

(lisant Joubert)

laissez les morts ensevelir les morts
demandait à l'ami la dame morte
mais le désir d'étreindre les fantômes
ne se soumet aux ordres de la mort

ni ne s'éteint aux lueurs de l'aurore
ce désir-là se moque de la mort,
que Marguerite prononçât ces mots :
je ne puis plus escripre une parole

qu'importe à l'amant fou qui parle d'or
à la nuit souveraine où les fantômes
soupirant se glissent de porte en porte

et se passent le mot de porte à porte
jusqu'au seuil de l'éternel souvenir
et que refleurisse le front des mortes

m'avez-vous jamais vue
ouvrir mes lèvres de brume
au vent qui voile la mer
ne me dites pas que je mens

mes images sont éternelles
mes regards mes jambes aussi
je viens de si loin que le Nord
s'enroule autour de ma gorge

avez-vous entendu ma voix
s'élever des forêts tremblantes
à l'heure où les âmes gagnent
les clairières qu'aiment les loups

ne vous risquez pas à punir
l'enfant qui ne s'endort pas
car lui seul accorde aux errants
le passage et le souvenir

(la morte)

II

airs et danses du pays

On chante bas
Les gens qui passent
n'écoutent pas.

PIERRE REVERDY

entre le ciel et les valises
on dépérit dans la fadeur
je vois ma mère au bout du quai
je vois mon père au fond des mers

écoutez les enseignements
millénaires de la bêtise
et croquez les bonbons sucrés
sous l'œil ravi du chef de gare

ensuite saisissez l'orange
que vous offre la dame en noir
(respirez son parfum étrange)
lancez le fruit comme un soleil
afin que la terre déraille

(i. m. Pierre Gascar)

dansera bien qui dansera le dernier
Pierre Albert-Birot pratique
les amusements naturels
parmi les tibias et les crânes
qui débordent de la boutique

comme on fait sa danse on se croit
immortel près du limonaire
avant de devoir rendre l'âme
achetée à l'entrée du bal

l'allumeur de réverbère a perdu le seul
réverbère encore vivant de l'univers
donc l'allumeur de réverbère en chômage erre
en quête d'un noceur *allumé* à éteindre

la poésie est un passe-temps boréal
dit le noceur à l'allumeur de réverbère
ensemble ils se décident à chercher l'ultime
estaminet du quartier le plus périmé

tu vas voir dit le noceur on allumera
le punch créole on chantera des chants berbères
et tout l'hiver aura la couleur du vin vert
puis nous irons planter des rangs de réverbères

seul un éclat de lune
entre deux pans de brume
et les airs d'accordéon
préférés des cyclistes

les airs d'accordéon
inspirés par la brume
aux longs doigts engourdis
des accordéonistes

tels des pains multipliés
les poèmes du grand prix
d'excellence bouleversent
le jeu des poids et mesures

le jaugeur-juré s'en fout
qui poursuit la cantinière
qui pleure l'instituteur
infidèle et pédéraste

chaque élève attend son heure
les vieux mariniers marinent
au soleil bleu des guinguettes
la péniche qui trémate
vient d'avaler l'avalant

et les mouettes rieuses
surveillent les périssoires
nous sommes au cœur des choses
fertiles et périssables

il y a des salamandres
et disait Henri Thomas
des sorciers dans le Jura

un soir nous irons danser
dans les vignes de Voiteur
salamandres et sorciers

nous prendrons le dernier car
avec nos derniers écus
et nos atours du passé

de nos pays enchantés
nous ferons le deuil enfin
mes cousines mes cousins

jamais plus les salamandres
ni les sorciers ne feront
le malheur de nos voisins

pour un petit poème
un petit plan comptable
juste une calculette
mais un grand poème alors là !

c'est comme un krach boursier
ni style ni caractère
l'or se mange avec la terre
on décore les bousiers

il faut écrire une ode
à la Manhattan Chase Bank
l'idée vous plaît ? je la jette
en pâture aux *grands poètes*

morte la lune
les chiens du vent
que la nuit brûle
rampent devant

dans la tourmente
un vieux fantôme
dans la tour monte
aveugle et chauve

passe le temps
des désirs tristes
passe le vent
glacé qui brise
le verre étreint
par le lampiste

quand l'assassin
lance un long cri

(à Pierre Silvain)

dans le carnet rouge
on évoque la
lanterne d'un bouge
aux verts falbalas

le ciel qui se bouche
à la fin du bal
un essaim de mouches
sur l'eau du canal

qui donne le la
dans l'univers louche ?
quel virus banal

en ce calme plat
inspire à la ruche
la soif du trépas ?

je n'ai plus de pain
je mange ma main
plus d'eau plus de vin
mais le sang des veines

le jus des déveines
la liqueur du rein
la sueur des peines
(de quoi boire enfin)

je n'ai plus ni lit
ni fosse d'aisances
je vis dans les plis
mous des immondices

je n'ai plus de main
j'irai mieux demain
quand j'aurai mordu
votre main tendue

qu'avons-nous vu dans le ciel
entre la lune et le soleil
un nid d'abeilles une comète
un serpent à sonnette
un fakir sur sa carpette
qu'avez-vous vu dans le ciel

un oiseau de miel brûlé
un druide à motocyclette
un archange et sa trompette
mister God et ses arpètes

des bombes aux longs panaches
le squelette de Bagdad
et la Mésopotamie
Ah Dieu ! que la guerre est jolie

(l'artilleur de Nîmes)

je te fouetterai jusqu'au sang
puis je te crèverai les yeux
je t'enterrerai dans la cendre
ardente du dernier feu

je planterai des épieux
dans les lambeaux de ta chair
je danserai sur tes os
je chanterai tout l'hiver

(chanson de la terrible mère)

je suis heureux je suis heureux
j'ai mal au cœur le regard mort
mais je sais la douceur des cieux
et l'allégresse du remords

quand je mène les tombereaux
chargés d'amères vieilles peaux
de mères et de grands-mères
de bandes velpeau de suaires

de créatures gangrenées
amoureuses de jeunes os
oh ! que grondent les chars traînés
par les squelettes de chevaux

vers les bosquets où sont postés
les corbeaux de l'éternité

(répons exalté du fils)

le clairon du onze novembre
s'est étranglé pour de bon
(à la fenêtre de la chambre
une fille en pantalon)

au sommet du clocher le coq
s'est abstenu de chanter
la fille n'a pas dit non
à la Légion qui se retire

on a vu parler le maire
à la veuve du boucher
le soldat du monument
ressemble sous son vieux casque

à des souvenirs d'enfance
que je préfère oublier
le maire s'est éclipsé
peut-être il a vu la France
tapiner dans la bourrasque

(aux morts)

les enfants chercheurs d'aubaines
ont rencontré le fantôme
d'un grand-oncle au crépuscule
(du moins c'est ce qu'ils prétendent)

la marâtre s'est moquée
le père a levé le fouet
quand le fantôme est entré
le chat n'a pas miaulé

laissez les enfants courir
dans les forêts de la nuit
sinon il va vous en cuire
dit le tonton d'une voix
sépulcrale évidemment

la marâtre est bien malade
et le paternel radote
il est temps que les fantômes
gouvernent enfin le monde

III

Saints du Jura

à Pierre-Olivier Walzer

Comment vous dire
vous qui êtes cœur à cœur avec l'infini
que nous sommes ici
et que nous prions pour ailleurs
où vous serez encore.

André Dhôtel.

du Jura j'honore les Saints
le fromage et le savagnin
grand saint Imier ô Laboureur
ainsi commence la prière
dans la lumière de l'aurore

et j'invoque aussi saint Fromond
qui fut un ermite fantôme
à Bonfol il est connu comme
le loup blanc qu'importe si Rome
du Jura néglige les Saints

ô toi Fromond dont personne
n'écrivit la biographie
tu dois ta fortune en somme
à l'obscurité de ta vie

tu es bien caché mais la trace
de ton passage est dans les cœurs
dans la couleur du temps qui passe
et l'éclat des plus humbles fleurs

du Jura j'honore les Saints
d'autant mieux qu'ils sont incertains

saint Germain saint Fromond saint Ursanne
attendrais-je de vous quel miracle
vos voix c'est le murmure des platanes
parmi les chants des oiseaux connus

sur la place où l'été s'installe
vos voix mêlées aux voix des femmes
qui s'appellent au coin des rues

je les entends glisser au cœur de la cohue
des jours une parole de cristal

il y avait dans la pénombre
le sourire du moine espiègle
le soir venait rosir la pierre
de l'autel à l'heure des psaumes

la forêt dévorée d'ombre
écoute sans le savoir
les échos de la prière
et les animaux sauvages

(moins sauvages que les hommes)
s'approchent de la lisière
ils respirent les parfums
du jardin fleuri d'Ursanne

saint Imier le Burgonde
et le fidèle Albert
au plus obscur des combes
ont enchanté l'hiver

le désert du Jura
c'était l'impénétrable
sylve aux gorges profondes
la solitude vaste
où s'égarent les pas

au désert aujourd'hui
la vie est sans remède
la misère plus laide
et plus sombre la nuit
plus morte que jamais
dans l'abandon du monde
l'espérance d'Imier

le soir au cœur des reculées
s'étend sans prévenir
le loriot chante encore
les hirondelles crient

l'ermite ouvre la porte
du four à pain qui gronde
la lueur de la flamme
auréole son front

saint Imier c'était un timide
le regard d'une jeune fille
(il priait dans son oratoire)
ce fut une affaire inouïe

malgré les remontrances d'une
illustre et prospère famille
par les chemins il s'en alla
et puis à quoi bon s'expliquer

il s'en alla vers des sourires
et des regards à l'infini
partir n'est rien et il suffit
d'un seul souvenir ébloui

nous avons ici-bas
un tel besoin d'ailleurs
et tout pareillement
la fringale d'ici

nous cherchons la lumière
les images des saints
et l'arôme des fleurs
dans les vapeurs du soir

IV

Ardennes

... un psaume
s'élevait entre les peupliers.

Paul de Roux.

il y avait toujours des enfants
dans ce petit coin de vent triste
à l'ombre d'un talus très nu
surmonté d'un vieux mur oblique

restait le butoir d'une ancienne voie ferrée
où s'était garée la locomotive imaginaire
de l'enfance et le vent pensif et lent
tournait autour de son fantôme

aujourd'hui je suis revenu voir
si c'est toujours la même souffrance
légère et tendre de s'asseoir
au pied du talus quand le soir descend

je n'ai surpris qu'une petite fille elle danse
toute seule on ne l'attend nulle part
personne ne sait comment elle s'appelle
ni quel dieu lui fit don de ses ailes

(ces lieux abandonnés)

le concerto pour violoncelle
de Joseph Jongen vient après
les impressions d'Ardennes
je marche vers la forêt

la lisière m'attend là-bas
peut-être mon dernier voyage
la lisière le seuil de l'âge
et les lendemains déserts

la musique emporte l'image
d'un souverain matin de neige
avec l'enfant qui ne sait pas
où le conduisent ses pas

(Jongen)

dans le vent triste les fantômes
l'enfant qui s'enfuit de l'école
espère et craint qu'ils apparaissent
mais on ignore les caprices
des fantômes comment savoir

il faut guetter dans les longs soirs
la moindre lueur sous les feuilles
le cri d'alarme des corneilles
le couinement du campagnol

il faut attendre au cœur du monde
qu'un monde ignoré se dévoile

(le guet)

au jardin l'ombre mauve
et verte du tilleul
enchante les abeilles
la mère se tient là
souveraine et fatale

le visage trop pâle
et les cheveux trop noirs
l'enfant qui la regarde
elle ne le voit pas

son regard le traverse
et se perd au-delà
l'enfant retient ses larmes
le ciel et la forêt
grondent dans le lointain

d'un geste de la main
la femme congédie
et l'enfant se retourne
la journée est finie

(le tilleul)

si tu quittes la durée
trouveras-tu le temps ?
si tu contournes l'étang
connaîtras-tu la mer ?

si tu gagnes la forêt
le ciel est-il si près ?
si tu cherches la montagne
verras-tu le désert ?

si tu ronges la durée
le temps ne s'épuise pas
si tu vidanges l'étang
la mer s'étend au-delà

(le gué)

la douceur c'est le passage
des péniches dans le soir
puis les berges de la nuit
et les vallées du sommeil

on voit s'allumer l'enseigne
du Café de la Marine
les bateliers se saluent
d'Anseremme à Rotterdam

ils ont transporté le sel
le ciment le manganèse
ils boivent des bières noires
le genièvre de Hasselt

et sur le marbre des tables
ils frappent leurs paumes larges
et parlent toutes les langues
dont les fleuves sont l'écho

(Vesper)

je ne vais pas bien loin je retourne à mes ombres
que les miroirs du Nord blessent et défigurent
nous avons éprouvé la menace des rues
nous nous sommes tapis au bas des encoignures
mais nous n'avons pas dit le mot qu'il fallait taire
nous ignorons à quel miracle nous devons
cette grâce de survivre soudain venue
quelle honte nous empêchait quelle pudeur
nous le savons mais nous refusons d'avouer
qu'en nous s'obstine le bonheur à creuser comme
l'ergate forgeron l'énigme de l'aubier

(le cœur)

la plaine le ruisseau
la montagne l'hiver
la ruelle les toits
le fidèle chemin

le silence les soirs
où la mer est si loin
où le monde est si lourd

la plaine et puis la mer
la montagne et le ciel
le velours de la nuit
l'enseigne de la lune

l'ombre est là qui m'observe
et son rire inconnu

(plus loin)

défaite du brouillard
la colline est venue
avec ses sapins noirs
et ses bêtes émues

dans les replis des prés
les vaches tachetées
et les saules d'argent,
le toit couleur de sel
d'une ferme se penche

puis la lune dessine
sur l'étang que le cygne
traverse comme un rêve
une écume marine

(colline)

chaque soir la sylve avec ses oiseaux
se déplace à l'heure où le butor lance
au bord des étangs son cri désolé
la forêt se glisse au cœur du silence

à pas feutrés la forêt se déplace
chaque nuit à l'insu du garde-chasse
on ne peut décemment interdire
aux vieux chênes un brin de fantaisie

et tant pis pour ceux que cela dérange
en tout cas ça n'ennuie pas les mésanges
ni les chevreuils et surtout pas les anges
qui sont toujours heureux de changer d'air

le vent dans les feuilles mobiles chante
une chanson plus vieille que le temps
les anges reprennent en chœur cet air
connu des fantômes qui sont contents

dans les hameaux noirs où les ruines rêvent

(sylve)

les chemins oubliés menaient à des surprises
heureuses sous le vent né de la mer lointaine

un jour tu connaîtrais la mer du Nord la Frise
aux ciels inespérés où les îles se baignent
et tu te souviendrais des rumeurs de l'ardenne

et tu réentendrais le chant sourd des forêts
l'éclat noir de l'averse au déboulé des crêtes
et dans l'azur lavé l'appel de l'alouette
et dans la nuit d'hiver le silence des neiges

et pour ton dernier soir *les soupirs de la Fée*

(l'enfant)

V

faits de guerre

... et la guerre n'a plus d'âge.

Jean Follain

1.
notre maîtresse d'école
épouse un aviateur
le cancre dit : ce coup-ci
notre maîtresse décolle

2.
le matin la ménagère
affolée cherche du pain
c'est l'exil et c'est le tocsin
ce matin le ménage erre

3.
la guerre a tué le chat
les vaches meuglent dans le pré
on a oublié de traire
le ciel est empoisonné
Lustucru la mère Michel
un tas de propriétaires
n'ont plus l'air ni la chanson
on tourne en rond

4.
dans la cave de l'aïeul
coule un bras de la rivière
on vit dans le flux de l'eau
le refuge des égouts
le refus et le dégoût

5.
l'homme est sorti du bois
tout comme au premier jour
sa barbe est noire et sa musette
contient un quignon de pain
et deux pains de dynamite

6.
mais la guerre n'est pas tout
il y a la balançoire
la robe à volants d'Hélène
le jardinier Léonard
et les pigeons qui roucoulent

7.
ceux qui sont venus repartent
comme ils sont venus la nuit
ils attendent que la lune
se cache mais l'œil-de-bœuf
à leur insu les regarde

8.
on ne sait si c'est l'orage
qui tonne ou le bombardier
à deux pas de la fenêtre
qui crache ses éclats
et le toit d'Hélène explose

9.
entre les racines noires
sous les frondaisons du chêne
on avait creusé le trou,
après l'envolée du toit
on retrouva la poupée
vivante mais décoiffée

10.
on dit que c'est la paix
on dit tout de travers
on dit qu'après la guerre
il y aura du lait
mais c'est une autre guerre
on est trop *occupé*
il n'y a rien à faire

11.
moi j'ai vu des blessés
j'ai parlé à des morts
moi j'ai tué des morts
un chien mangeait leur ventre

12.
je me suis souvenu
et puis j'ai oublié
des hommes sont entrés
je me suis souvenu
un enfant regardait

VI

veilleurs

Artaud

Artaud je vois autour de toi
Adamov Henri Thomas
le fragile Prevel aussi
et je te vois rôder toi-même
autour de ce déchirement de toi

mais tu n'approches qu'en silence
comme le tzigane qui offre
aux derniers clients du dimanche
un violon hérissé de cordes cassées

Artaud Antonin chien fidèle
des bars où tourne le soleil et son train
dans la laque rougie et profonde des verres
miraculeux animal légendaire
avaleur de sabres derviche malin

immortel dans la ménagerie de ton corps
l'écho des cordes cassées dure encore

André Frédérique

je pèse moins je pense plus
apothicaire ou subrécargue
pesant plus je penserais moins
si la balance était exacte

en jetant ma femme à la mer
il a bien fallu que je pousse
que je pèse que je pense
mais non c'était une blague

la pauvre est morte dans son lit
l'autre soir qu'avec des amis
je faisais la partie de cartes
c'est comme ça qu'elle est partie

ça me fait un souci de moins
c'est vrai je ne connais pas ma chance
je pèse plus je mange moins
mon suicide ? après les vacances

Armand Robin

à l'heure froide où seul le bruit des bottes
dans Paris sombré cadence la nuit
veille Robin clandestin de l'écoute

les accents de poésie non traduite
hors l'horreur du temps qu'il fait ne le quittent
pas il ne dort ni ne rêve il lévite

il est cette ombre blanche inconsolable
qui se regarde perpétrer – miracle
infernal – son *flagrant délit de vie*

Reverdy

l'enfant dort et la montagne
veille de tous ses regards
elle veille sur les vignes
les cyprès les pignons gris
l'ardoise bleue des églises

montagne aux *sources du vent*
les torrents chantent plus bas
les bruyères de la lande
baignent au cœur de la lune
qui connaît aussi la mer

à grands traits notre vie coule
de roche en roche on écoute
sans comprendre les paroles
des cascades et des pierres

Armen Lubin

dans la solitude de la matière
l'âme son entêtant marmonnement
et la terre a perdu ses enfants
c'est l'exil et le grand étonnement

le ciel rongé c'est l'affaire du temps
on voit les arbres morts on les entend
se plaindre comme s'ils étaient vivants
dans la grande sylve carbonifère

l'affaire du temps c'est la loi d'exil
la misère qui ne tient qu'à un fil
ne trouve refuge ni sous la pierre
ni dans la mémoire avide du vent

Pierre Morhange

donne ta langue au chat
tu prends le train demain
tu ne sais pas pour où
ni quand tu reviendras
tu ne reviendras pas ?

tu prends le train demain
tu ne seras pas là
quand tu arriveras
personne ne t'attend

dans la gare personne
et dans l'hôtel non plus
tu ne reconnaîtras
ni l'ombre ni la voix

cependant c'est bien toi
cet étrange bonhomme
que tu ne connais pas
et qui descend du train
tu ne devines rien ?
donne ta langue au chat

Yves Martin

ni vent ni pluie chambre d'hôtel
vacance des petits matins
tu disais pour nourrir mes chats
je reprendrai le premier train

vertes amours de cinéma
dans les galeries de la Reine
les estaminets de Bruxelles
brouillard jauni de vieux genièvre

au bar de Jo table de passe
jazz et jazz ultimes conscrits
la mort la féerie des glaces
la moire de la *mort subite*

Henri Thomas

I.

qui devine *à quoi tu penses*
dans l'île où le vent gémit
dans l'île qui se retranche
aux confins de l'infini

quel appel quel signe de vie
sur le sable la plage blanche
la page où la lune épanche
l'encre et le soufre de l'oubli

dans l'île où le vent te ronge
et t'exalte tour à tour
tes travaux d'aveugle quel ange
en inspire les purs détours

II.

l'arbre ne maudit pas l'hiver, il se souvient
dites-vous, cher Thomas, et qui sait
si vos lèvres aussi ne murmuraient
pas ce vers d'Emily Dickinson
Talk not to me of Summer Trees
avec ses majuscules éblouies
et le balancement assourdi des consonnes
qui frémissent dans la lumière
or la mémoire est au cœur de l'oubli
comme la sève encore au cœur de l'arbre mort
la vie est obstinée, c'est une intraitable
jeune fille, en somme elle a tout son temps
pour l'oubli qu'elle nomme
le berceau blanc de la mémoire

III.
de nos chétifs travaux d'aveugle
Henri Thomas que faites-vous
depuis que vous avez rejoint les Parques
le déserteur et les parjures
Prevel Artaud Dhôtel et votre
si cher Adamov que torture
à jamais l'absence de rêve

nous croyons ici que les morts
même écrivains chez Gallimard
ne rêvent pas ne parlent pas
dans les cafés où l'absinthe est
parfaitement autorisée
(on raconte que Supervielle
y goûte les soirs de remords)

Henri Thomas qu'écrivez-vous
par ces temps de grandes marées
lorsque vous croisez sur la lune
la suicidée de Notre-Dame
ai-je tort de vous poser telle
ou telle question puérile ?

c'est que les nouvelles des îles
du Léthé ne parviennent pas
jusqu'à nos demeures obtuses
où nous berçons nos vieux sommeils
aux musiques sans épaisseur
qui sont la lie de notre vie

tu es entré je ne t'ai pas reconnu d'emblée
à mon âge on croit que les poètes sont morts
je veux dire à l'âge que j'avais alors
nombreux nombreux sont mes amis morts
m'écris-tu ta voix traverse le désert
des vivants et je sais aujourd'hui que l'enfant
du passé n'avait pas tort de croire que
le meurtre du poète est un titre de gloire
dans les officines de la loi où l'on rase gratis
les mots qui fleurissent entre les lèvres
des aubains des nomades des solitaires
loué sois-tu silence qui entoures la pensée

ce fut un mois d'avril tu es mort en laissant
le manuscrit de ton *manuel du parfait bonheur*
à côté d'un flacon vide sur la table
tu ne demandais à tes amis morts
que l'affection que te refusaient les vivants
et moi je suis malgré mon amitié vivante
de la race des vivants impardonnables

Mac Orlan

les lumières apprivoisées
ont défiguré les fées

le hasard inestimable
titube d'un bar à l'autre
et s'écroule sous la table
avant de mourir à l'aube

et de renaître à minuit
pour les marlous et les filles

zouaves turcos bohémiens
nous portons dans nos besaces
le poids de nos vies de chiens
nul gaffe ne nous fait grâce

ova micheto, moré ?
micheto pelo moré

Perros

la sœur que tu n'as pas eue
je l'ai rêvée puis reconnue
comme on reconnaît un enfant
naturel quand il n'est plus temps

elle était triste comme une ombre
on l'aurait crue jaillie de l'onde
aux bords des îles de la Sonde
Aphrodite de fin du monde

elle ne fut pas de ce monde
et dans quel autre la chercher ?
nous n'aurons jamais partagé
la *vie ordinaire* des ombres

la jeune fille ailée au bord du gave entend
on ne sait quel poème inspiré par le vent
la jeune fille en elle entend la voix soumise
d'une aïeule au doux nom d'Elise ou d'Almaïde

les tristesses d'antan visitent son cœur grave
et clair comme l'onde transparente du gave
qu'une grêle soudaine afflige et obscurcit
la jeune fille est nue dans l'orage et la nuit

des fantômes de fiancés tendent les mains
sous les éclairs comme des arbres torturés
vers l'aïeule jadis que le torrent noyait
la jeune fille est vive il fera beau demain

Follain

l'enfant qui veut grandir
entend gémir sa mère
et croit qu'il a rêvé
le monde autour de lui s'éveille
avec des sanglots de gouttière
et le vent bat les vitres
que la servante aimée
plus jamais n'ouvrira

Robert Vivier

nous causons nous causons nous tissons le silence
au bord de cet abîme *où tous les souvenirs*
massent leur poids dormeur nous entrons dans la danse
macabre de l'oubli quand nous pensions fournir
aux marchands d'avenir de fertiles semences

la morgue nous étouffe et le négoce à risques
et les marchés de dupe et la soif d'échéances
et les ordres de bourse et l'art des ventes cif
et les connaissements et les prix du baril
tout ce qui nous leurre est notre unique chevance

jusqu'au comble où la glauque énigme se fracture
et qu'un dieu ricaneur escompte la facture

depuis toujours déjà regrettant la lumière
dans les escarpements les voies du vieux pays
qui s'effondrent sous les assauts des grandes pluies
le chemin des devins rongé par les tourbières
et plus jamais ne se déploie le cœur offert
aux souffles musicaux le cœur clair de jadis

et pourtant la lune arrosait le potager
entre les versants bleus des combes les troupeaux
paissaient le vent caressait l'ombre et les perdreaux
se glissaient dans la vigne habitaient les vergers
(notre hâte et notre repos dans l'air léger)

sorciers trahis nos morts ne seront pas pleurés
nous sommes là bêtes dépenaillées la faux
luit seule on ne sait qui la brandit et l'aiguise
le temps se déchire (l'usure le défaut
des chairs la gangrène du pré le sacrifice

enfin de la parole à l'orage enchaînée)

quand les soirs gris cendré s'emparent de novembre
et que la lampe est grise et que le cœur est gris
et que vers le couchant les combes se démembrent
entre les longs brouillards qui préparent la nuit

nous gagnons lentement le silence des chambres
où sombrent les secrets des anciens jours de pluie
et l'eau dormante et trouble des miroirs où tremblent
l'ombre des disparus et l'ivoire des lits

nous peuplons nos décors de fantômes et d'âmes
étranges sans savoir qu'ils nous sont fraternels
nous redoutons d'entendre un impossible appel

et craignons de surprendre un reflet qui révèle
cette obscure présence insistante des mânes
dont le souffle nous frôle et l'exil nous alarme

VII

rondeau final

Ce n'est pas la fin du monde.
Pas encore.

JEAN GROSJEAN

Dieu pour me revisiter l'âme
a choisi de secrets détours
ni la menace ni le blâme
un simple et fabuleux bonjour

le sifflet d'un merle ou le brame
des forêts auront suffi pour
que Dieu me revisite l'âme

or je n'espère nul secours
fortune pardon ni réclame
mais qu'assigne l'heure et le jour
Dieu pour me revisiter l'âme

aux temps obscurs de mes enfances
quand glissaient les serpents du soir
et que pleuraient dans les soupentes
les servantes aux lèvres noires

sous la neige des lunes blanches
qu'arrivait-il à ma mémoire
aux temps obscurs de mes enfances

quelle marâtre ou quelle amante
s'emparait comme d'un heurtoir
de mon cœur sans destin notoire
quand glissaient les serpents du soir

je ne parlerai qu'à voix basse
à mes fantômes familiers
et de nos pas dans les allées
incertaines du vieux vieux temps
nul ne pourra suivre la trace

les reflets au bord des étangs
de nos misérables carcasses
s'évanouissent comme passent
les frêles amours les nuées

les étincelles de la grâce
je ne parlerai qu'à voix basse
et le cœur à peine battant
à mes ombres dépossédées
par le mirage des années
incertaines du vieux vieux temps

Amour me tient le monde est vaste
et céans suis-je prisonnier
est-ce une geôle est-ce un écrin
le monde est vaste Amour me tient
de ses rets ne me puis délier
mon cœur brûle qu'Amour dévaste

à chaque heure crucifié
roué meurtri fouetté vrillé
réduit à merci sous le faix
d'une exquise rigueur néfaste

des ris aux pleurs des soies aux crins
d'hiers ravis à d'âpres demains
mes jours s'étranglent loin des vastes
horizons qui ne me sont rien
Amour me tient

dans les caves de Saint-Germain-
des-Prés les nuits ivres d'automne
rêvent encore les fantômes
de Pelzer et Benoît Quersin
à la *note bleue* de Barney

nous avons bu rue Saint-Benoît
Kenny Barney René Thomas
la musique de nos années
dans les caves de Saint-Germain

la plainte de l'harmonica
réveillait les concierges folles
et l'aigre concert des poubelles
faisait vibrer le formica
du petit bar où nous jouâmes
aux dés nos destins de fantômes
          ivres d'automne

(i. m. Barney Willen)

triste exilé des parages d'amour
prince déchu quel décret te condamne
à hanter sans recours le funeste séjour
        des landes de l'oubli

le bois sec de tes jours la braise de tes nuits
vont calcinant sans fin tes rêves de retour
en ces lieux assignés au tyrannique ennui
        triste exilé des parages d'amour

oncques ne reverras les coteaux de ta vigne
la tuile qui vernit l'air du soir ni les signes
d'accueil des vieux qui songent sur les seuils
ni le sourire de celle qui se résigne
        à cesser de porter ton deuil

lors suis fantôme devenu
ni de beauté ni de laideur
ni de hontes ni de douleurs
ne se souvient mon âme nue
car suis fantôme devenu

de mes joies ni de mes humeurs
ne résonne plus la demeure
où mes vieux ans se sont perclus
je suis silence devenu

le nuage d'inconnaissance
enveloppe mon cœur déchu
forclôt ma mort et ma naissance
de disparu sans conséquence
car fantôme suis devenu

le faubourg qui sous la pluie tremble
s'étonne d'être encor vivant
les fenêtres où la nuit semble
naître et mourir depuis mil ans
sous la pluie tremblent

et les toits sur quoi l'eau descend
presque sans bruit n'offrent ensemble
aux lucarnes où le ciel rampe
qu'un murmure d'épuisement

les interminables décembres
dans le faubourg où le cœur tremble
pleurent de longs sanglots de cendres
depuis mil ans

de mon *histoire de douleur*
vous ne saurez jamais la fin
pas davantage le malheur
qui décide de mon destin
mon histoire n'a pas de fin

j'aurai vécu sans vous connaître
et me souviendrai de ce rien
perdu qui vous fit disparaître
de mon histoire de douleur

vous êtes morte je suis veuf
d'un fantôme ravi de n'être
apparu qu'un soir de tempête
comme un sou neuf
à qui vécut sans vous connaître

ces airs mineurs ces vieux rondels
assourdis de mélancolie
du consolant oubli les prie
d'emplir la besace éternelle

cris de crécelles chants de filles
se sont éteints dans les demeures
des hameaux où le vent publie
        ces airs mineurs
pour les corbeaux et pour les pies

épuisé de mélancolie
à l'inutilité de vivre
j'ai dédié ce vain libelle
d'airs mineurs et de vieux rondels
avant que la mort me délivre

d'un passé qui ne m'appartient
qu'à peine et tout rongé d'oubli
j'écoute la boîte à musique
le même ciel rêveur s'éteint
à l'heure que la cloche indique
avec rigueur comme jadis

sous l'œil de l'aïeul attendri
j'écoute la boîte à musique
et le vent du Nord et le cri
des girouettes faméliques
du passé que ronge l'oubli

de la ritournelle fragile
se fondent les derniers accords
et dans le monde désert il
ne reste que le vent du Nord

vêtue de noir et de silence
la mère paraît sur le seuil
pour briser l'enfant qui s'avance
et dans l'arrogance du deuil
la Parque affiche sur le seuil
la vengeance et l'exil du ciel

de l'amour c'est le châtiment
l'assourdi suintement du fiel
qu'en son hoir pour seule chevance
remâchera de deuil en deuil
le vieil enfant

et du malheur le maigre orgueil
sera son unique pitance
la Parque inflige dès le seuil
le sacrifice de l'enfance

solitude poésie
je ne vis qu'entre vos ombres
et moi-même ne suis l'ombre
que de vos ombres éprise

à cette ombre qui s'épuise
pitié parlez dites-lui
à quel exil la réduisent
vos charmes enchantés d'ombre
poésie ô solitude

je ne suis parmi les ombres
qu'un reflet que l'ombre élude

ce poème de circonstance
ô circonstance Henri Thomas
me l'a donné comme on avance
une thune à qui n'en a pas
qui jamais ne vous la rendra

qu'à cette monnaie de France
ou d'ailleurs on tienne comme
au talisman qui porte chance
on doit bien, cher Henri Thomas
un poème de circonstance

une offrande du soir com-
ment garder vive souvenance
grâce à quoi franchir le pas
de cette nuit qui commence :
un poème de circonstance

salut petit garçon tes genoux sont trop gros
ton visage est trop pâle et tes cheveux trop sombres
je te vois tu te crois seul dans l'ombre
tu penses que toujours tu auras le cœur gros
et que ton corps chétif est étranger au monde

tu te crois seul mais je te vois
chercher loin des regards la cachette profonde
attendre que la nuit t'enveloppe et que l'onde
des rêves éveillés berce ton désarroi
salut petit garçon n'écoute que la voix

du fantôme amical qui déchiffre avec toi
le livre de l'hiver quand la neige des toits
enchâsse les secrets des signes et des nombres
à toi seul révélés au Royaume des Ombres

(i. m. Jacques Borel)

L'auteur remercie Jean-Sébastien Dupuit.

CET OUVRAGE A ÉTÉ COMPOSÉ
ET ACHEVÉ D'IMPRIMER SUR
LES PRESSES TYPOGRAPHIQUES
DE LA S.A.I.G. EN JANVIER 2004
POUR LE COMPTE DES ÉDITIONS
DE LA TABLE RONDE

Dépôt légal : janvier 2004.
Numéro d'édition : 3763.
Numéro d'impression : 427.
Imprimé en France.